Marliese Arold, geboren 1958, studierte Bibliothekswesen in Stuttgart und arbeitet seit 1983 als freie Schriftstellerin. Für Kinder und Jugendliche Geschichten ausdenken und aufschreiben ist für sie das Schönste. Marliese Arold lebt heute mit ihrem Mann und ihren beiden Kindern in Erlenbach.
In der Fischer Schatzinsel sind von ihr auch ›Die schönsten Geschichten von Luzie‹ (Hardcover, Band 85110), ›Pia und Patty‹ (Hardcover, Band 85097), ›Die Cityflitzer‹ (Band 80272), ›Die Cityflitzer jagen den Computerhacker‹ (Band 80302), ›Die Cityflitzer voll in Fahrt‹ (Band 80314), ›Die Cityflitzer auf Klassenfahrt‹ (Band 80326), ›Ella Vampirella‹ (Band 80321), ›Sternschnuppe reißt aus‹ (Band 80348) und ›Sternschnuppe sucht ein Zuhause‹ (Band 80349) erschienen.

Unsere Adresse im Internet: www.fischer-tb.de

Alex de Wolf wurde 1958 in Amstelveen, einem Vorort von Amsterdam, geboren. Er studierte Graphik und Illustration. Seit dem Abschluss seines Studiums illustriert er Bilder-, Kinder- und Jugendbücher und arbeitet auch für Zeitschriften. Alex de Wolf lebt mit seiner Frau und seinen zwei Söhnen in Amsterdam.

Katja Kersting wurde 1971 in Dülmen geboren und hat in Münster Graphik-Design studiert. Sie arbeitet heute als freie Illustratorin für Kinder- und Jugendbuchverlage.

Die schönsten Erstlesegeschichten von Marliese Arold

Mit Bildern von Alex de Wolf und Katja Kersting

Fischer Taschenbuch Verlag

Fischer Schatzinsel
Herausgegeben von Eva Kutter

Veröffentlicht im Fischer Taschenbuch Verlag,
einem Unternehmen der S. Fischer Verlag GmbH,
Frankfurt am Main, Juni 2002

Lizenzausgabe mit freundlicher Genehmigung
des Loewe Verlags, Bindlach
›Frühlingsgeschichten‹

›Geheimnisgeschichten‹

›Skatergeschichten‹

Satz: Pinkuin Satz und Datentechnik, Berlin
Druck und Bindung: Clausen & Bosse, Leck
Printed in Germany
ISBN 3-596-80391-8

Nach den Regeln der neuen Rechtschreibung

Inhalt

Frühlingsgeschichten

Geheimnisgeschichten

Skatergeschichten

Frühlingsgeschichten

Mit Bildern von Alex de Wolf

Das frühjahrsmüde Spuck-Gespenst

Mitternacht auf Burg Löwenfels. Groß und gespenstisch steht der Frühlingsmond am Himmel. Eine unsichtbare Hand dreht das Fernrohr oben auf dem hohen Turm.

»He, ihr Geister und Gespenster! Zeit zum Aufstehen! Geisterstunde!«, ruft eine helle Stimme. Gleich darauf wird die ulkige Ulrike sichtbar. Sie ist ein Kellergeist und wird von allen Burggespenstern als Erste wach. Sie sieht aus wie ein putziger Igel – überall Stacheln. Zum Schlafen schlüpft sie immer in ein Einmachglas und macht es sich dort mit Stroh und Dörrpflaumen gemütlich.

Ulrike nimmt einen Gong in die Hand. Zwölf kräftige Schläge! Davon müssen doch alle

Gespenster wach werden! Aber wo bleiben sie nur, die Löwenfels-Gespenster?
Ulrike schwebt die Wendeltreppe nach unten und gelangt in den Rittersaal. Dort klopft sie an eine alte Rüstung.
»Hallo, Otto, du Schlafmütze! Aufwachen!«
Quietschend bewegt sich die Rüstung. Das Visier klappt auf und gähnt. Das ist der ordentliche Otto, der Ritter ohne Innenleben.

»Pfui, Ulrike, du stinkst wieder nach Pflaumen«, beschwert sich Otto.

»Ich stinke nicht!«, ruft Ulrike.

Jetzt kommt endlich die irre Irene durch die Wand. Ihren Kopf hat sie wieder mal vergessen. Jede Nacht muss sie ihn suchen, was ohne Augen natürlich schwierig ist. Aber Otto hilft ihr.

»Bestimmt finden wir deinen Kopf im Burggraben, Irene«, sagt Otto freundlich. »Genau wie gestern Nacht. Komm, wir schauen

gleich nach.« Er geht zur Tür. Die Rüstung quietscht bei jedem Schritt. Irene huscht dankbar hinter ihm her.

Ulrike schwebt weiter, um die anderen Gespenster zu wecken. Die witzige Wiebke ist schon wach. Sie jongliert mit drei Tellern. Einen vierten balanciert sie auf der Nase. Sie strengt sich so sehr an, dass sie schielt.

»Hallo, Wiebke!«

»Hallo, Ulrike!« Da fällt der Nasenteller auf den Boden und zerbricht. Wiebke runzelt ärgerlich die Stirn. Die Scherben fügen sich wieder zu einem Teller zusammen, und der Teller hüpft in den Geschirrschrank zurück.
»Wir haben Vollmond«, verkündet Ulrike. »Der erste Frühlingsvollmond.«
»Au fein«, freut sich Wiebke. »Das müssen wir gleich Udo erzählen. Er soll uns ein Frühlingsfeuerwerk machen.«
Der unruhige Udo ist nämlich ein Spuck-Gespenst. Wenn er aus dem Burgfenster rausspuckt, zischt seine Spucke und leuchtet in allen Farben wie eine Rakete an Silvester. Manchmal kommen die Glühwürmchen ganz durcheinander, und die Nachtfalter verirren sich.
Aber heute ist Udo nirgendwo zu sehen. Ulrike und Wiebke suchen ihn in der ganzen Burg. Die Geisterstunde ist schon fast vorbei, als sie ihn endlich finden: in einem al-

ten Lehnstuhl auf der Burgterrasse. Udo schnarcht. Er sieht aus wie ein Uhu und hat den Kopf unter die Flügel gesteckt.
Wiebke zieht ihn an den Federn. »Hallo, Udo, aufwachen! Du musst ein Frühlingsfeuerwerk spucken!«
Udo blinzelt, reißt den Schnabel auf, gähnt und macht die Augen wieder zu.
»Die Geisterstunde ist bald um«, ruft Ulrike und zerrt am anderen Flügel. Aber Udo ist einfach nicht wach zu kriegen.
Jetzt kommt die irre Irene auf die Burgterrasse. Sie hat inzwischen ihren Kopf gefunden. Er sitzt ein bisschen wackelig auf dem Hals. Die blonden Haare triefen noch vom Burggrabenwasser.
»Udo ist krank«, verkündet Ulrike besorgt. »Er will nicht aufwachen. Dabei muss er doch spucken.«
Die irre Irene schwebt zu Udo und sieht ihn sich genau an.

»Er ist nicht krank«, stellt sie dann fest. »Bloß furchtbar müde. Es scheint so, als hätte ihn die Frühjahrsmüdigkeit gepackt!«
Zu dritt rütteln die Gespenster den müden Udo wach. Endlich schlägt er die Augen auf.
»Was ist los?«, will er wissen.
Ulrike deutet zum Himmel. »Der erste Frühlingsvollmond! Du musst heute Nacht unbedingt ein Feuerwerk machen!«
Udo flattert zum Burgturm, und fünf Minuten vor eins erlebt Burg Löwenfels das tollste Feuerwerk, das man sich vorstellen kann. Leuchtspiralen, Knatter, funkelnde Sterne – Udo ist in Höchstform. Er zeigt, dass er das beste Spuck-Gespenst weit und breit ist.
»Prima gemacht, Udo!«, ruft Ulrike und schwebt hoch zum Burgturm. Aber da hängt Udo schon wieder schlaff über der Brüstung und schnarcht.
»Ich werde ihm morgen Nacht ein paar von

meinen Dörrpflaumen bringen«, nimmt sich Ulrike vor. Sanft streichelt sie seine Federn. »Vitamine helfen auch bei Gespenstern gegen Frühjahrsmüdigkeit!«

Ein abenteuerlicher Frühjahrsputz

Mama und Papa machen Frühjahrsputz. Mama putzt sämtliche Fenster und wischt überall Staub. Papa räumt den Keller auf und wirft alles weg, was er nicht mehr braucht.

Und Fabian? Fabian geht die ganze Hektik auf die Nerven, und er zieht sich in sein Zimmer zurück. Doch nicht einmal dort hat er seine Ruhe.

»Bis zum Samstag hast du dein Zimmer aufgeräumt«, sagt Mama streng. »Man kommt sich ja vor wie in einem Schweinestall!«

Schweinestall ist vielleicht ein bisschen übertrieben, aber Fabians Zimmer sieht wirklich sehr unordentlich aus. Fabian sammelt

eben so viel. Das Zimmer ist zu klein für all die Sachen.
»Bis Samstag«, wiederholt Mama. »Sonst räume *ich* auf.«
Fabian seufzt. Was das bedeutet, weiß er. Mama fackelt nicht lange, und bei ihr wandern selbst seine liebsten Dinge in den Müll.
»Na gut«, verspricht Fabian. »Ich werde Ordnung machen.«
Heute ist ja erst Montag. Fabian holt lauter

Schachteln vom Speicher. Darin will er seine Sachen verstauen.
Aber womit soll er anfangen? Hilflos schaut Fabian sich um. Mit den Kartons ist sein Zimmer noch voller. Fabian blinzelt, und auf einmal ist er mittendrin in Karton-City.
Die Schachteln sind die Häuser einer fremden Stadt. Fabian malt mit Wachsmalkreide Fenster und Türen auf die Kartons. Er zeichnet Blumenkästen und Feuerleitern, Antennen und Reklameschilder. Wie gut, dass er so viele tolle Stifte hat! Fabian spitzt und sortiert, dabei findet er auch endlich seine Radiergummis wieder. Endlich erstrahlt Karton-City in aller Pracht, und Fabian verstaut stolz seine Stifte, Kreiden, Lineale und Spitzer in verschiedenen Büchsen.
Am Dienstag wird Karton-City leider abgerissen, denn Fabian hat genug von der Stadt. Heute will er lieber in den Zoo gehen. Stoffpinguin Paul brüllt vor Hunger. Die Kamel-

dame Leonore ist ziemlich nervös, wahrscheinlich spürt sie das Wetter. Löwe Larry liegt faul in der Sonne. Fabian hat gar nicht mehr gewusst, wie viele Tiere es in seinem Zoo gibt: Schweine und Mäuse, ein schwarzes Pony, das Meerschweinchen, die Schildkröte und Bären, Bären, Bären! Alle wollen versorgt und ein bisschen geknuddelt werden. Fabian hat viel zu tun. Die Ställe müssen sauber gemacht werden. Manche Tiere müssen auch umziehen und wandern von

Fabians Bett ins Regal. Puh, wie viel Staub dort liegt! Fabian wischt und wischt. Ein Stofftierpfleger hat viel zu tun! Todmüde fällt Fabian abends ins Bett und drückt Larry an sich. Der darf ab jetzt als Einziger bei Fabian schlafen.

Am Mittwoch ist Fabians Zimmer eine Autowerkstatt. Hier werden alle Rennautos gewartet, und es wird überprüft, ob sie noch fahren. Manche müssen auch verschrottet werden. Schweren Herzens sortiert Fabian ein paar Autos aus. Bis zum Abend hat

Fabian alle brauchbaren Rennwagen in einer Garage aus Pappe untergebracht.
Am Donnerstag nimmt sich Fabian seine geliebten Comics vor. Er sammelt sie vom Fußboden auf und taucht dabei immer wieder in fremde Welten ein. Mit einem Raumschiff fliegt er durchs Weltall, landet auf unerforschten Planeten und erlebt so gefährliche Sachen, dass er ganz rote Ohren bekommt. Im Wilden Westen verfolgt Sheriff Fabian Banditen, und ganz zuletzt macht er einen Besuch in Entenhausen … Abends liegen die Comics ordentlich gestapelt in Fabians Bücherregal. Fabian aber träumt die ganze Nacht von neuen Abenteuern …
Am Freitag wird Fabian Geschäftsmann: Flohmarkthändler. Er sucht Sachen, die er nicht mehr braucht und die er vielleicht beim nächsten Flohmarkt in der Schule verkaufen kann. Will jemand sein altes Fernrohr? Wohin mit den vielen Überraschungseiern? Am

Abend hat Fabian drei Schachteln mit Flohmarktsachen zusammen.
Am Samstagmorgen stürmt Mama mit Staubsauger und Müllsack ins Zimmer.
»So, heute werde ich deinen Schweinestall

hier endlich aufräumen!« Doch dann bleibt sie wie vom Blitz getroffen stehen und schaut sich um.
Fabian grinst. Von wegen Schweinestall! Die Stofftiere sitzen einträchtig nebeneinander im Regal. Die Comics bilden ordentliche Stapel. Mama braucht auch nicht mehr auf Autos oder Stifte zu treten. Und der ganze Kleinkram ist in Schachteln verstaut.
»Wie hast du denn das geschafft?«, fragt Mama überrascht.

»Kleinigkeit!« Fabian zuckt die Achseln und grinst.

Aufräumen ist manchmal gar nicht so schlimm!

Der Mohnschnupfen

Die Sonne strahlt vom tiefblauen Himmel. Herrlich! Biene Sina freut sich. Seit ein paar Tagen darf sie mit den anderen Bienen das Bienenhaus verlassen. Aber heute will sie

weiter fliegen als sonst. Draußen am Feldrand soll nämlich schon der rote Mohn blühen.
Wie warm die Luft ist! Und wie es überall duftet! Sina fliegt übermütig im Zickzack. Das macht solchen Spaß!
Viele Freundinnen sind unterwegs. Manche fliegen schon mit Nektar bepackt zurück. Sina kriegt auf einmal Angst, dass sie zu spät kommen könnte. Vielleicht haben die anderen keinen Nektar mehr übrig gelassen!
Da endlich: das Roggenfeld! Schon von weitem sieht Sina ein Meer von roten Blüten. Das ist der Mohn!
Aufgeregt landet Sina in einer roten Mohnblüte. Wie die Blüte leuchtet! Sina bekommt einen ganz wirren Kopf. Sie will ein bisschen Nektar naschen, aber auf einmal fängt ihre Nase an zu kitzeln.
»Ha-hatschi!«, niest Sina. Und gleich darauf noch einmal: »Hatschi!«

Sie muss so heftig niesen, dass sie aus der Blüte geschleudert wird und ins Gras fällt. Mühsam rappelt sich Sina wieder auf, klettert den Stängel hoch und taucht aufs Neue in die Blüte. Sofort schwirrt ihr der Kopf. Und wie die Nase schon wieder kribbelt! Nicht zum Aushalten ist das!
Sina hält die Luft an, um das Niesen zu unterdrücken. Nur ein bisschen, bis sie den Nektar probiert hat. Doch Sina hat das Gefühl, dass sie gleich platzen muss.
»Ha-ha-hatschi!«
Und wieder purzelt sie ins Gras und liegt benommen auf dem Rücken. Es hätte nicht viel gefehlt, und Sina hätte angefangen zu heulen. So eine blöde Nieserei!
»Hast du dir wehgetan?«, fragt jemand besorgt. »Oder ist dir schlecht geworden?«
Sina schaut zur Seite. Neben ihr landet Julia, ihre beste Bienenfreundin. Sina erzählt ihr, was passiert ist.

»Schon zum zweiten Mal bin ich rausgeplumpst, weil ich niesen musste. Was ist das bloß?«
»Du hast Heuschnupfen«, antwortet Julia. »Da kribbelt die Nase, und die Augen fangen an zu brennen – ganz furchtbar!«
»Unsinn, es gibt doch noch kein Heu«, mault Sina.
»Dann hast du eben einen Mohnschnupfen«, meint Julia.

Sina ist überhaupt nicht begeistert. »Und was kann man dagegen machen?«
»Gar nichts«, erwidert Julia. »Du darfst eben nicht in die Nähe von Mohn kommen, sonst fängt die Nieserei gleich wieder von vorne an.«
Sina ist enttäuscht. Sie hat sich so auf den roten Mohn gefreut. Julia versucht, Sina aufzumuntern. »Komm mit, ich zeig dir was. Etwas, das die anderen noch gar nicht entdeckt haben!«

Die beiden Bienen fliegen zum Waldrand. Unten am Boden, zwischen den Sträuchern, blühen viele weiße Maiglöckchen. Wie süß sie duften!

»Oh Julia! Das sind ja wunderbare Blumen!«, ruft Sina entzückt.

Julia und Sina sammeln so viel Nektar, wie sie tragen können. Schwer bepackt fliegen sie zum Bienenstock zurück. Unterwegs treffen sie die Biene Leila.

»Wonach riecht *ihr* denn?«, fragt Leila neu-

gierig. »Alle anderen Bienen sind heute zu den Mohnblumen geflogen.«

»Rate«, sagt Julia.

»Schlüsselblumen?«, rätselt Leila. »Buschwindröschen?«

»Nein, Maiglöckchen«, antwortet Sina stolz.

»Hm, wie herrlich das duftet!«, meint Leila. »Den Platz müsst ihr mir morgen auch zeigen.«

Der schönste Platz für unser Nest

Mitzi ist eine Blaumeise: klein und wendig, mit einem zartgelben Bauch und einem hübschen blauen Kopf. Jeden Morgen erwacht sie in aller Frühe und fängt an, Futter zu suchen. Zwischendrin zwitschert sie immer wieder ihre Freude über den schönen Frühling laut hinaus.

»Endlich ist der kalte Winter vorbei, zizibäh! Habt ihr schon gemerkt, dass die Tage länger werden? Oh, wie warm die Sonne scheint! Zizibäh!«

An einem besonders schönen Tag bekommt Mitzi Frühlingsgefühle und verliebt sich in Mick, den netten Blaumeiserich. Mick ist ebenfalls heftig in Mitzi verliebt. Deswegen

beschließen die beiden, ein Nest zu bauen und viele Meisenkinder aufzuziehen.
Emsig fängt Mitzi an, nach einem geeigneten Nistplatz zu suchen. Sie schaut in jede Baumhöhle, in jeden Nistkasten, in jede Maueröffnung.
»Zu feucht«, sagt Mitzi dann. »Zu unbequem. Nicht vor Katzen sicher.« Kein Platz ist ihr gut genug. Überall hat sie etwas auszusetzen.
Mick hält selbst nach Verstecken Ausschau.

Wenn er eins gefunden hat, zeigt er es stolz seiner Freundin. Aber jedes Mal schüttelt Mitzi nur ihr blaues Köpfchen.
»Geht nicht. Zu niedrig am Boden. Zu hoch in der Luft. Zu heiß. Zu kalt. Nicht windgeschützt.«
Mick seufzt. Eigentlich will er es nicht zugeben, aber langsam verliert er jetzt doch die Geduld. Wenn sich Mitzi nur endlich entscheiden könnte!

»Die anderen Blaumeisen brüten schon«, gibt Mick zu bedenken.
»Na und?«, antwortet Mitzi. »Wir haben eben noch keinen Nistplatz gefunden.«
Mick hält den Schnabel. Doch ein paar Tage später fliegt er an einem Nistkasten vorbei, den Mitzi abgelehnt hat. Aus dem Loch ertönt zartes Vogelgepiepse.
»Da sind die Jungen sogar schon ausgeschlüpft«, berichtet Mick aufgeregt.
»Na und?«, sagt Mitzi nur.
»Es wird jetzt wirklich Zeit, dass wir einen Nistplatz finden«, meint Mick.
»Strenge ich mich etwa nicht an?«, fragt Mitzi gereizt.
»Doch, aber –« Mick ist lieber still. Er will nicht mit Mitzi streiten.
Am nächsten Tag zeigt er ihr die Röhre eines Schaukelgestells. »Wie wär's denn damit?«
»Zu laut«, sagt Mitzi gleich. »Hast du noch

nie gehört, wie viel Krach Menschenkinder beim Schaukeln machen?«

Mick fliegt weiter. Er findet eine andere Röhre, aber die gefällt Mitzi natürlich auch wieder nicht.

»Da flattert alle paar Tage Menschenwäsche, lange Unterhosen, Socken – grauenhaft!«

Mick ist ganz verzweifelt. Wenn es nicht seine Mitzi wäre! Sie streiten sich ein bisschen.

»Dir ist überhaupt nichts recht«, sagt Mick. Und zum ersten Mal, seit sie sich kennen, schlafen Mick und Mitzi auf zwei unterschiedlichen Ästen ein.

Mick schläft schlecht. Es tut ihm Leid. Er streitet nicht gerne mit Mitzi. Hoffentlich ist sie ihm nicht lange böse, das kann er nicht aushalten … Er hat Mitzi doch so lieb!
Am nächsten Morgen fliegt Mick los, um Mitzi mit einem Raupengeschenk zu überraschen. Aber was ist das? Mick traut seinen Vogelaugen nicht. Da hängt doch direkt

vor seinem Schnabel ein wunderschöner, nagelneuer Nistkasten! Das Schlupfloch zeigt noch Süden, der Kasten hängt gerade richtig hoch, er ist nicht zu klein und nicht zu groß und außerdem vor Katzen geschützt.
Aufgeregt fliegt Mick zu Mitzi zurück.
»Das musst du dir ansehen! Komm!«
Gespannt wartet Mick, während Mitzi den Nistkasten untersucht. Sie schlüpft hinein ins Loch, wieder heraus und noch einmal hinein.

»Was meinst du?«, fragt Mick. Sein kleines Herz pocht vor lauter Aufregung.

»Nicht schlecht«, sagt Mitzi. »Eigentlich ganz gut. Nein, prima. Ausgezeichnet. Wunderbar. Das ist es!«

In Windeseile schleppen Mick und Mitzi Moos herbei und bauen im Nistkasten ein Nest. Schon bald sitzt Mitzi auf fünf Eiern und brütet und brütet, während Mick die allerschönsten Raupen herbeibringt und seine Liebste damit füttert. Mitzi ist sehr zufrieden. Zwei Wochen später piepst es im Kasten schon fünfstimmig. Die Jungen sind ausgeschlüpft: Maren, Moni, Micha, Meik und Mira.

Obwohl Mick und Mitzi oft vom Futtersuchen todmüde sind, sind sie sehr stolze Eltern.

»Haben wir nicht wunderschöne Kinder?«, fragt Mick immer wieder.

Mitzi nickt. »Und ein wunderschönes Heim«, sagt sie dann. »Es hat sich doch gelohnt,

dass wir nicht das erstbeste Plätzchen genommen haben, oder?«

Ein Ungeheuer im Keller?

In den Osterferien fuhren Stefan und Daniela zu ihren Großeltern aufs Land. Opa Paul kannte alle Geheimnisse des Gartens. Er zeigte den Kindern ein Amselnest in der

Hecke. Leider waren die Jungen zwei Tage zuvor ausgeflogen, und das Nest war leer.

Stefan und Daniela freuten sich, dass sie wieder zu ihren Großeltern durften.

Daniela kletterte gleich in das Baumhaus, das Opa Paul im letzten Sommer für sie gebaut hatte. Was für ein schönes Plätzchen! Nur das Dach war leider nicht mehr ganz dicht.

Kurz entschlossen holte Daniela Nägel, Hammer und eine große Folie aus dem Keller, um das Dach zu reparieren. Während sie

hämmerte und klopfte, half Stefan dem Opa im Garten.
Erst am Nachmittag gingen Stefan und Daniela ins Haus, um fernzusehen.
Mitten in der Sendung spitzte Daniela plötzlich die Ohren. »Hört mal, da piepst doch was!«, sagte sie.

»Das ist bloß im Film«, entgegnete Stefan.
Doch beim Abendessen hörten sie das Geräusch wieder.
»Da schreit ein Vogel«, stellte Daniela fest.
Opas Ohren waren nicht mehr so gut, aber Oma nickte.

»Ich hör das Schreien auch«, bestätigte sie. »Es kommt aus dem Keller!«

Stefan und Daniela schlichen dem Geräusch nach. Es war ihnen unheimlich zumute. Vor der Waschküchentür blieben sie stehen.

»Da hockt er drin«, sagte Daniela aufgeregt.

»Aber der Keller ist doch abgesperrt«, sagte Stefan.

»Heute Morgen war er offen«, erinnerte sich Daniela. »Vielleicht ist da ein Vogel reingeflogen und kann jetzt nicht mehr

raus.« Sie hatten Herzklopfen, als sie die Tür öffneten.
Zunächst konnten sie nichts Ungewöhnliches entdecken. So viel Gerümpel! Der Vogel blieb stumm und gab keinen einzigen Pieps mehr von sich.

Plötzlich musste Daniela lachen. »Schau doch – da!«
Ein Besen lehnte umgekehrt an der Wand. Auf den Borsten hockte aufgeplustert eine junge Amsel. Sie blickte die Kinder halb vor-

wurfsvoll, halb ängstlich an. Dann riss sie den Schnabel auf und piepste laut.
»Keine Angst, du kleines Ungeheuer«, sagte Daniela zärtlich. Sie nahm den Vogel behutsam mit einer Schaufel auf, während Stefan die Kellertür öffnete.
Draußen gab die Amselmutter Antwort und flatterte dicht an der Hauswand entlang.
Daniela setzte den Jungvogel vor die Tür

und ließ ihn frei. Sofort flog die Amselmutter herbei und zeterte aufgeregt. Die kleine Amsel sperrte prompt den Schnabel auf und bettelte um Futter.

»Klar, die hat großen Hunger«, flüsterte Daniela. »Wer weiß, wie lange sie schon im Keller eingesperrt war!«

Stefan und Daniela schauten zu, wie die Amselmutter mit der kleinen Amsel davonflog.

Die verpatzte Walpurgisnacht-Party

»Dreimal verflixtes Krötenbein«, schimpfte Tamara und schaltete verärgert den Fernseher aus. »Ich mag nicht fernsehen! Erst recht keine Hexen-Talkshows! Ich will zur Walpurgis-Party, genau wie meine Schwestern!«

Wie gemein, dass sie zu Hause bleiben musste! Ungerecht war das, ganz furchtbar ungerecht!
Die jungen Hexen hatten in der letzten Zeit kein anderes Gesprächsthema gehabt als diese Party. »Was ziehe ich denn in der Walpurgisnacht an?«, hatte Sybilla dauernd gefragt. »Ob ich meine Haare vorher noch einmal färben soll? Karottenorange steht mir bestimmt gut!«

»Ich mag's lieber grün«, hatte Isis behauptet und sich die Haare – ratzfatz! – giftig knallgrün gehext.

Vorhin hatten Isis und Sybilla ihre Turbo-Besen zwischen die Beine geklemmt und waren losgedüst – zum Berggipfel, wo das Hexentreffen stattfand.

»Trinkt auf keinen Fall Fliegenpilztee! Und dass ihr euch ja an die Geschwindigkeitsbegrenzung haltet!«, hatte Tamara ihnen nachgerufen. »Es ist ein bisschen neblig, da solltet ihr nicht mehr als fünfzig Kilometer pro Stunde …«

Aber Isis und Sybilla kicherten nur. Surr, witsch – sie sausten schon halsbrecherisch über das schräge Hexenhausdach.

Zornig kehrte Tamara ins Haus zurück. Kater Miromar sprang auf ihren Schoß. Tamara streichelte ihn, dass die Funken sprühten.

»Es ärgert mich«, gestand sie. »Ich muss immer zu Hause bleiben. Die anderen gehen weg, amüsieren sich und fliegen ihre Besen kaputt. Ich war schon eine Ewigkeit nicht mehr im Hexenkino! Und dauernd muss ich das Haus hüten und auf unsere Zauberbücher aufpassen – als ob irgendwer das olle Zeug klauen würde!«

Plötzlich hellte sich Tamaras Gesicht auf. Sybilla und Isis hatten sich vor kurzem einen Zaubercomputer angeschafft. Bisher hatte Tamara noch nie an das Gerät gedurft. Jetzt würden die Schwestern stundenlang weg sein. Das war *die* Gelegenheit, den Computer endlich einmal auszuprobieren!

Tamara schubste Miromar von ihrem Schoß und lief hinauf in die Dachkammer, wo der Computer stand. Es war ein tolles Ding. Damit konnte man sich mit den Zauberern und Hexen auf der anderen Seite der Welt unterhalten. Man konnte Zaubersprüche und Rezepte austauschen und erfuhr sogar die neuesten Hexenwitze!

Tamara setzte sich vor den Computer und

schaltete ihn ein. Klick-klick – hurtig huschten ihre langen Fingernägel über die Tastatur.

Tamara hatte Sybilla einmal über die Schulter geschaut und kannte sich mit dem Programm ein bisschen aus. Es war eigentlich gar nicht schwer …

Oh, hoppla, ein Zauberspruch-Wettbewerb! Sollte Tamara da mitmachen?

Ein Sprecher sagte: »Es ist Sabrina aus Ka-

lifornien soeben gelungen, ihren Ehemann in einen Meerrettich zu verwandeln. Wer kann dieses Meisterstück übertreffen?«

Tamara schüttelte den Kopf. »Ich nicht«, sagte sie und klickte weiter. Sie las die Wettervorhersage, die Lottozahlen für übernächste Woche und stieß schließlich auf Hexenunterricht für Fortgeschrittene.

»Dritte Übung: Wie man ein Gewitter hext«, erklärte eine Frauenstimme. »Dazu muss man sehr, sehr zornig sein. Dann streut man eine Prise Pfeffer ins Kaminfeuer und sagt: *Blitz und Zorn, spitzer Dorn, Hagel und Saus, Donner und Braus!*«

Tamara sprach die Worte leise mit. Hoffentlich merkte sie sich den Spruch! Sie hatte schon immer einmal ein Gewitter hexen wollen!

Tamara konnte es gar nicht erwarten, den Zauber auszuprobieren. Rasch schaltete sie den Computer aus und rannte hinunter ins Wohnzimmer. Es war nicht schwer, zornig zu sein. Sie brauchte nur an Sybilla und Isis zu denken. Pfeffer – kein Problem! Tamara stäubte eine gehörige Ladung davon ins Ka-

minfeuer. *»Blitz und Zorn, spitzer Dorn, Hagel und Saus, Donner und Braus!«*
Hui, da rüttelte schon der Sturmwind an den Fensterläden, die Dachziegel klapperten, und ein greller Blitz erhellte die Nacht. Tamara hielt sich die Ohren zu, als ein heftiger Donnerschlag ertönte. Vielleicht hätte sie doch nicht so viel Pfeffer nehmen sollen!

Eine halbe Stunde später ging die Haustür auf, und zwei tropfnasse und schlecht ge-

launte Schwestern kamen zurück. Missmutig lehnten sie ihre Besen an die Wand.
»So ein Reinfall!«, schimpfte Isis. »Die schöne Party! Ganz und gar verdorben! Schon der erste Regenguss hat das tolle Hexenfeuer gelöscht!«
»Und dabei war überhaupt kein Gewitter gemeldet«, beschwerte sich Sybilla. »Ich wette, jemand hat das Unwetter herbeigehext, nur um uns den Spaß zu verderben! Na warte, wenn ich den erwische!«
Tamara beugte sich über Miromar, damit die Schwestern nicht sahen, wie sie grinste.
»Tamara«, rief Isis streng. »Hast du etwa –«
»Unsinn, wie kann sie ein Gewitter hexen?«, sagte Sybilla sofort. »Tamara kann doch nicht einmal einen leichten Sommerwind herbeizaubern, und Nebel schafft unsere kleine, dumme Schwester auch nur, wenn man ihr beim Hexen die Hand hält!«
Sybilla und Isis kicherten.

»Wenn ihr wüsstet!«, dachte Tamara. »Mit dem Zaubercomputer bin ich noch längst nicht fertig!«

Geheimnisgeschichten

Mit Bildern von Alex de Wolf

Der Geheimhund

Felix wünschte sich von ganzem Herzen einen Hund. Aber wenn er mit seinen Eltern darüber sprach, sagten sie nur: »Vielleicht bekommst du einen, wenn du größer bist.« Oder sie stellten sich gleich ganz taub.
Sein Freund Jonas dagegen war ein richtiger Glückspilz. Er hatte eine Hündin. Sie hieß Belinda. Ihr Fell leuchtete wie pures Gold.
Eines Tages erzählte Jonas in der Pause, dass Belinda Junge gekriegt hatte. »Fünf Stück«, sagte er stolz.
Natürlich ging Felix nach der Schule mit Jonas nach Hause. Er wollte unbedingt die Welpen anschauen. Wie winzig klein sie waren! Zu fünft wuselten sie in einem Korb herum.

»Wenn die Welpen ein bisschen größer sind, darfst du sie anfassen«, versprach Jonas.
In der nächsten Zeit besuchte Felix oft seinen Freund. Er streichelte die kleinen Hunde und spielte mit ihnen. Sie hießen Benni, Balduin, Biggi, Bella und Britta. Balduin hatte ein goldenes Fell wie seine Mutter. Felix

mochte ihn am liebsten. Schon bald lief Balduin bei jedem Besuch zu Felix hin und begrüßte ihn freudig.
Auch Jonas merkte, wie gern sich die beiden hatten. »Willst du Balduin haben?«, fragte er. »Alle Hunde kann ich sowieso nicht behalten.«
Felix konnte es nicht glauben. »Willst du ihn mir wirklich schenken?«

»Klar«, sagte Jonas. »Er muss noch ein paar Wochen bei Belinda bleiben, aber dann darfst du ihn nach Hause mitnehmen.«

Felix freute sich riesig. Endlich hatte er einen eigenen Hund! Ab jetzt verbrachte er noch mehr Zeit bei Jonas.
»Morgen kannst du Balduin mit nach Hause nehmen«, sagte Jonas an einem Donnerstag.
O weh! Felix bekam einen roten Kopf. Seine Eltern wussten ja noch gar nicht, dass Balduin ihm gehörte!
»Ich kann Balduin erst nächste Woche mitnehmen«, stotterte Felix. Schnell erfand er

eine Ausrede. »Am Wochenende fahren wir nämlich zur Oma nach Hamburg.«
»Na gut«, meinte Jonas. »Dann holst du Balduin eben am Montag.«
Felix quälte sich das ganze Wochenende. Er wartete auf eine gute Gelegenheit, um mit seinen Eltern über Balduin zu reden. Doch es wurde Sonntagabend, und Felix hatte immer noch nichts gesagt.
Am Montag schwindelte Felix seinen Freund wieder an. »Heute muss ich zum Zahnarzt.«
Am Dienstag hatte Felix eine neue Ausrede. Da musste er in die Musikschule. Und am Mittwoch war ein wichtiges Fußballspiel. So ging es die ganze Woche.
Jonas wurde langsam ungeduldig. »Wenn du Balduin nicht willst, dann schenke ich ihn meinem Cousin.« Aber das wollte Felix auf keinen Fall.
»Morgen«, versprach er. »Morgen hole ich Balduin.«

Abends vor dem Schlafengehen druckste er lange herum.
»Was ist los, Felix?«, fragte Mama. »Hast du was ausgefressen?«
Felix schüttelte den Kopf. »Mama, welche Hunde kennst du eigentlich?«
Die Mutter zählte auf: »Pudel, Dackel, Schäferhunde …«
»Und Geheimhunde«, ergänzte Felix.
Mama zog die Augenbrauen hoch. »Geheimhunde?«
»Das sind Hunde, über die man nicht reden darf und die man verstecken muss, weil sonst was passiert. Zum Beispiel flippen die Eltern aus«, sprudelte Felix heraus.
»Aha«, sagte Mama. »Und so einen Geheimhund kennst du?«
Felix nickte. »Ja. Er heißt Balduin und ist furchtbar nett.« Plötzlich konnte er alles erzählen. Wie Jonas ihm den Hund geschenkt hatte und wie gut sie sich verstanden. Und

welche Angst Felix gehabt hatte, dass die Eltern ihm Balduin nicht erlauben würden.
Zum Glück war Mama gar nicht wütend. Sie lachte sogar und wuschelte Felix durchs Haar.
»Morgen Nachmittag holen wir beide Balduin ab. Ich bin wirklich schon sehr gespannt auf deinen Geheimhund!«

Verhext und vergesslich

»Amanda, hilf mir!«, rief die Hexe Zora und schüttelte nervös ihre langen Zotteln. »In meinem Büro sitzt eine Dame, die ganz schrecklich verliebt ist. Leider weiß der Mann noch nichts von seinem Glück.«

»Dann brauchen wir wahrscheinlich einen Liebeszauber«, sagte Amanda nachdenklich und staubte weiter die Gefäße ab. Seit einer Woche arbeitete Amanda bei Zora als Putzfrau. Die Unordnung bei der alten Hexe war unglaublich!

»Genau, einen Liebeszauber«, rief Zora und schnippte mit den Fingern. »Was gibt es denn da schnell wieder? *Mirakel, Mirakel, Spinnengekrakel –«*

»Halt, halt, das ist der falsche Spruch«, rief Amanda. »Damit treibt man den Mann in die Flucht.« Amanda war zwar keine ausgebil-

dete Hexe, aber sie hatte schon in vielen Hexenhaushalten gearbeitet. Dabei hatte sie etliche Zaubersprüche aufgeschnappt.
»Du hast Recht«, murmelte Zora und zottelte nervös ihr Haar. »Was nehmen wir denn dann?«
»Ganz einfach.« Amanda zeichnete mit ihrem Staubwedel ein großes Herz in die Luft. *»Herzen in Flammen – kommt zusammen!«*
»Richtig, richtig, jetzt erinnere ich mich«, kicherte Zora. »Das ist ein sehr starker Spruch, nicht?«
»Äußerst stark«, sagte Amanda. »Und er wirkt sofort.«
Zora schlurfte zufrieden zurück ins Büro.
Als Amanda gerade den Schlamm von Zoras Stiefeln kratzte, kam Zora wieder in die Küche gestürzt. Hölle und Schwefel! »Oh, es ist ganz schrecklich mit mir! Eben habe ich aus Versehen einen jungen Mann in einen Skorpion verwandelt! Dabei wollte ich

ihm nur ein Mittel gegen Haarausfall geben!«

Amanda seufzte. »Einen Skorpion in einen Menschen zurückzuverwandeln ist ein bisschen schwierig, aber es geht.« Sie krauste die Stirn. »Du musst dreimal rückwärts um den Tisch laufen und dabei sagen: *Werde Mensch, werd wieder Mann, damit ich heut Nacht schlafen kann.«*

»Danke, danke!«, rief Zora und küsste Aman-

da vor lauter Begeisterung auf die Wange. »Du bist wirklich eine Perle, Schätzchen!« Sie wollte schon wieder in ihr Büro sausen, aber da rief Amanda ihr nach: »Und der Spruch gegen Haarausfall geht *so: Zauberkraft, verlass mich nicht! Haare, werdet dicht statt licht!«*
Zora warf Amanda eine Kusshand zu und flitzte davon.
Am Abend war Zora völlig am Boden zerstört. Sie kam aus dem Keller und schleppte

unter den Armen ein paar dicke Zauberbücher. Die Bücher waren in einem entsetzlichen Zustand.

»Schau dir das an, Amanda. Das sind ganz wichtige Unterlagen! Da steht alles drin, was man zum Zaubern braucht. Und jetzt? Verschimmelt! Nass geworden! Von Würmern zerfressen! Unlesbar!«

Und ehe Amanda es verhindern konnte, schleuderte Zora die Bücher in den Kamin. Sie hockte sich an den Tisch und begann herzzerreißend zu heulen.

»Was soll ich nur tun? Ich kann meinen Job an den Nagel hängen! Aber wovon soll ich dann leben? Oh, am besten, ich verwandle mich gleich in eine Butterblume! *Hokuspokus, Tiergebein* –«

Amanda hielt Zora die Hände fest. »Stopp, stopp, damit bringst du das Haus zum Explodieren!«

»Kann sein«, schniefte Zora. »Ich bin so

furchtbar vergesslich geworden, es ist einfach schlimm! Und das Schlimmste ist, dass es immer schlimmer wird. Wenn das jemand merkt, ist mein Ruf dahin, und kein Mensch wird mehr zu mir kommen!«

Sie schaute auf. »Jetzt weißt du mein Geheimnis, Amanda.«
Amanda hatte Mitleid mit der alten Hexe. »Wir könnten zusammen üben. Ich kenne viele Zaubersprüche. Ich schreibe sie dir auf. Vielleicht kann man auch ein paar Zauberbücher kopieren …«
»Du willst mir wirklich helfen?«, fragte Zora gerührt.

»Und ich verrate bestimmt keinem dein Geheimnis«, versprach Amanda.

»Ach, Amanda, was für ein Glück, dass du gekommen bist«, freute sich Zora. »Weißt du was? Wir werden das Hexengeschäft ab sofort gemeinsam führen. Und über die Tür schreiben wir: *Amanda und Zora – Zauberei von A bis Z*«

Amanda war begeistert. »Prima Idee«, rief sie. »Zaubern macht sowieso mehr Spaß als Putzen!«

Großes Geheimnis

Lars und Diana konnten es kaum erwarten, bis ihr neues rotes Zelt aufgebaut war. Endlich stand es im Garten neben dem Apfel-

baum. Die Geschwister holten Luftmatratzen und Schlafsäcke. Gleich diese Nacht wollten sie im Zelt schlafen.
»Habt ihr keine Angst?«, fragte Mama.
Lars und Diana schüttelten die Köpfe. Angst? Wovor denn? Sie waren doch keine Babys mehr!
Am Abend putzten sich Lars und Diana freiwillig die Zähne und zogen Schlafanzug und

Nachthemd an. Dann schlüpften sie in ihr Zelt, ausgerüstet mit Taschenlampen, Büchern, Keksen und zwei Thermoskannen Tee.

Sie lasen noch eine Weile, bis es zum Lesen zu dunkel war. Dann erzählte Diana eine Gespenstergeschichte. Danach dachte sich Lars eine aus. Anschließend mussten beide noch einmal aufs Klo und rannten ins Haus. Beim Rausgehen gab Mama ihnen den Haustürschlüssel mit. »Für alle Fälle«, meinte sie. »Vielleicht wollt ihr später doch lieber in euer eigenes Bett.«

»Bestimmt nicht!«, sagte Diana. Im Zelt schlüpften die beiden in ihre Schlafsäcke und zogen den Reißverschluss zu. Draußen war es jetzt stockfinster.
»Gute Nacht, Lars«, sagte Diana.
»Gute Nacht, Diana«, sagte Lars.
Aber keiner konnte einschlafen.
Plötzlich setzte sich Diana auf. »Hast du das auch gehört?« Zwischen den Rosen piepste es.

»Mäuse«, flüsterte Lars.
»Mäuse sind niedlich«, wisperte Diana.

»Aber nicht nachts«, antwortete Lars. »Hoffentlich kommen sie nicht ins Zelt.«
Mäuse im Schlafsack waren Diana auch nicht geheuer. »Quatsch«, meinte sie. »Die haben doch Angst vor uns.«
Sie legte sich wieder hin. Die Mäuse waren jetzt ruhig, aber Diana spitzte weiter die Ohren. Auf einmal raschelte es vor dem Zelt. Jemand lief schnarchend und schnüffelnd über den Rasen.
Lars klammerte sich an Diana. »Was ist das?«
Diana knipste die Taschenlampe an und

leuchtete hinaus. »Hau ab!«, schrie sie laut. Im Schein der Taschenlampe lief ein Igel davon.
»Nur ein Igel«, murmelte Lars.
»Sollen wir nicht doch im Haus schlafen?«, schlug Diana mit matter Stimme vor.
Lars war gleich einverstanden. In Windeseile rannten sie barfuß zum Haus. Bloß nicht umschauen! Der Garten war jetzt voller Gespenster: die Rosenmumie, das Fliedermonster und der gefährliche Apfelbäumling …
Wenig später lagen sie in ihren warmen Betten. Nach einer Weile kam ihnen ihre Angst auf einmal dumm vor. Aber rausgehen wollten sie trotzdem nicht mehr.
»Ob uns Mama jetzt für feige hält?«, überlegte Lars.
»Sie braucht es doch gar nicht zu erfahren«, meinte Diana. Listig stellte sie den Wecker auf sechs Uhr.

So schlichen am nächsten Morgen zwei Gestalten durch das taunasse Gras und krochen wieder ins Zelt.

Zwei Stunden später kam Mama, um die Kinder zu wecken. »Frühstück ist fertig«, verkündete sie. »Na, wie war eure erste Nacht im Zelt?«
»Ganz prima«, schwindelte Diana und blinzelte Lars zu.
Er blinzelte zurück. Klar, großes Geheimnis!

»Dann kommt mal frühstücken, ihr tapferen Helden«, meinte Mama und lächelte geheimnisvoll.
Nachher würde sie schnell die Kinderbetten neu beziehen. Denn schmutzige Füße hinterlassen auf weißen Betttüchern bekanntlich Flecken …

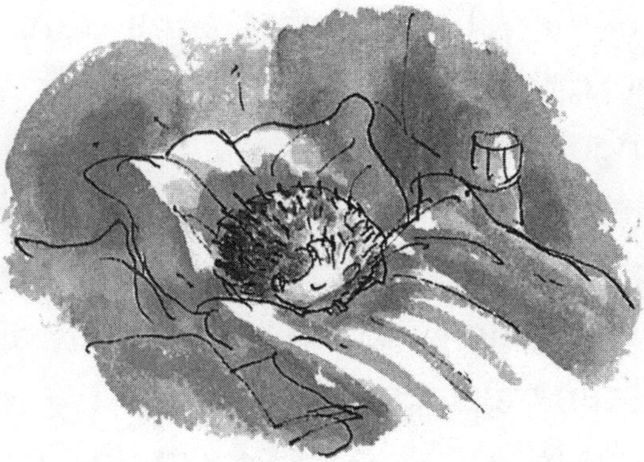

Der sagenhafte Schatz

»Hier ist das Haus«, flüsterte Otto, der Krummbeinige. Er spähte durch die Fensterläden. »Wir haben Glück! Der alte Graubart ist allein daheim.«
Der langarmige Edgar rieb sich die Hände. »Ha, dann haben wir leichtes Spiel. Hoffentlich können wir den Schatz zu zweit tragen. Es wäre jammerschade, wenn wir etwas zurücklassen müssten!«
»Schschsch! Nicht so laut«, warnte Otto. Mit einem Brecheisen stemmte er die Haustür auf.
Die Tür war morsch und gab gleich nach. Auf Zehenspitzen schlichen die beiden Gauner durch den Flur ins Wohnzimmer. Dort saß

der alte Pirat Graubart bei Kerzenschein vor einem Glas Wein und ordnete Fotos.
»Und das war das Schiff, das wir an der Koralleninsel geentert haben. Das waren noch Zeiten!« Er war so vertieft, dass er gar nicht merkte, wie sich Otto und Edgar von hinten anschlichen.
Otto bohrte dem Piraten einen Zeigefinger in den Rücken, und Edgar hielt ihm ein großes

Messer an den Hals. »Das ist ein Überfall! Hände hoch! Schreien ist zwecklos.«
Graubart hob langsam die Hände und starrte die Männer mit seinem linken Auge an. Das rechte war nämlich aus Glas. »Ich nehme an, dass ihr nicht gekommen seid, um ein Glas Wein mit mir zu trinken«, murmelte er.
»Richtig erkannt, Graubart.« Otto grinste. »Wir wollen den Schlüssel zu deinem Keller!«
Graubart seufzte. »Ihr wollt die Schatzkiste, die ich vor dreißig Jahren erbeutet habe.«
»Du bist wirklich ein schlaues Kerlchen«, lobte Edgar.
»Wollt ihr alles rauben?«, jammerte Graubart. »Ihr wisst doch, dass ich den Schatz für den Tag aufhebe, an dem ich einmal nicht mehr bin. Meine Erben sollen ihn bekommen, damit sie ein anständiges Leben führen können und kein Schiff mehr überfallen müssen.«

»Das ganze Dorf kennt diese Geschichte. Du erzählst sie seit dreißig Jahren – seit du diesen wunderbaren, sagenhaften Schatz gefunden hast«, sagte Otto. »Jetzt her mit dem Schlüssel, aber dalli!«
Graubart langte in seine Hosentasche und reichte den Gaunern einen großen eisernen Schlüssel.

Otto grinste. »Na also. Komm, Edgar!«
Sie sperrten die Kellertür auf und stiegen die

Treppe hinab. Es war stockfinster. Otto knipste seine Taschenlampe an und leuchtete den Weg. Sie tappten durch die Gewölbe, bis sie in der Waschküche landeten. Neben der Waschmaschine stand die Schatzkiste. Sie war riesig und aus dunklem Holz.
Ottos Augen funkelten. »Jetzt sind wir reich, Edgar!«
Das Schloss war für die geübten Einbrecher kein Problem. Dann stemmten sie den Deckel hoch. Er war so schwer, dass sie es kaum schafften. Erst beim dritten Versuch klappte es.
Otto leuchtete in die Kiste hinein. Sein Mund wurde trocken. »Siehst du auch, was ich sehe, Edgar?«
Edgar schluckte. »Leer«, flüsterte er. »Keine Münze, keine Perle, keine Kette, nicht einmal ein Ring … Ist das möglich?«
»Dieser alte Halunke!«, schnaubte Otto. »Er hält schon jahrelang das Dorf zum Narren!

Nichts ist in der Schatzkiste, nicht mal ein Mäuseschwanz! So eine Pleite!«
»So eine Pleite«, wiederholte Graubart, der plötzlich in der Tür stand. »Das dachte ich vor dreißig Jahren auch. Fünf Mann waren nötig, um die schwere Kiste aus dem Wasser zu fischen und an Land zu schaffen. Wir haben drei Tage gebraucht, um das Schloss zu knacken. Und dann war die Kiste leer!« Er grinste. »Wir schworen uns, dass nie-

mand etwas von unserer Niederlage erfahren sollte. Deswegen verbreiteten wir das Gerücht von dem sagenhaften Schatz. Die anderen vier Kerle sind inzwischen tot. Ich bin der Letzte, der noch lebt. Ich hatte gehofft, dass die Kiste erst nach meinem Tod geöffnet wird. Doch jetzt seid ihr gekommen und habt mein Geheimnis erfahren. Was werdet ihr tun?«

Otto und Edgar starrten sich an. »Was sollen wir mit einer leeren Kiste anfangen?«

»Wir könnten höchstens Blumen reinpflanzen«, brummte Edgar.

»Ich habe einen besseren Vorschlag«, sagte Graubart. »Ihr kommt mit hoch, ich mache euch eine Pizza, und ihr vergesst einfach, was heute passiert ist.«

»Keine schlechte Idee«, sagte Otto. »Was meinst du dazu, Edgar?«

Edgar zuckte die Achseln. »Eine Pizza ist besser als ein Schatz, den es gar nicht gibt.

Und meinetwegen kann das Geheimnis noch länger ein Geheimnis bleiben.«

Omas Geheimnis

»Oma ist irgendwie komisch geworden«, fand Anna, während sie sich Kakaopulver in ihre Milch schüttete.
»Warum?«, wollte Mama wissen.
»Sie malt sich die Lippen rot an und riecht nach Parfüm.« Anna rümpfte die Nase. »Aber das Schlimmste ist: Sie hat jetzt nie richtig Zeit. Immer ist sie in Eile, egal, ob wir auf den Spielplatz gehen oder Eis essen. Wenn wir heimkommen, guckt sie gleich auf ihren Anrufbeantworter. Und ist total enttäuscht, wenn keiner angerufen hat. Wenn ich sie frage, kriege ich keine gescheite Antwort. Sie sagt höchstens: ›Du wirst schon sehen!‹ oder ›Sei nicht so neugierig!‹«

Mama schmunzelte vor sich hin. »Oma hat eben ein Geheimnis.«
Anna runzelte die Stirn. Geheimnisse waren gemein! Oma sollte ihr gefälligst erzählen, was los war.
Vielleicht hatte Oma ja eine Fernsehrolle bekommen und wollte die Familie damit überraschen? Anna dachte scharf nach. Ja, das würde alles zusammenpassen: die knappe Zeit, die neuen Kleider, das Parfüm …
»Zerbrich dir nicht den Kopf«, meinte Mama. »Am Sonntag sind wir bei Oma eingeladen. Da lernen wir ihr Geheimnis kennen.«
Anna war sehr aufgeregt, als sie am Sonntag bei Oma klingelten.
Oma hatte sich fein gemacht und strahlte übers ganze Gesicht.
»Ich habe Besuch«, verriet sie. »Kommt mit ins Wohnzimmer!«
Anna reckte den Hals. Ob im Wohnzimmer die Fernsehleute saßen? Männer mit Kame-

ras und Scheinwerfern? Vielleicht hatten sie schon ein Video von Oma gedreht und würden es zeigen!
Aber im Wohnzimmer saß nur ein älterer Mann mit weißen Haaren. Er lächelte freundlich und stand auf, um Anna und ihre Eltern zu begrüßen. »Hallo, ich bin Klaus«, sagte er.

Anna war ein bisschen enttäuscht. Er hatte lustige blaue Augen, aber wie ein Mann vom Fernsehen sah er nicht gerade aus.

»Sind Sie Schauspieler?«, fragte Anna hoffnungsvoll.

»Nein, das bin ich leider nicht«, sagte der Mann. »Ich war Zugführer, aber inzwischen bin ich in Pension.«

»Klaus ist seit ein paar Monaten mein Freund.« Oma wurde rot wie ein junges Mädchen. »Ich habe gedacht, es wird langsam Zeit, dass ihr ihn kennen lernt.«

»Und umgekehrt«, ergänzte Klaus. »Ich bin nämlich sehr gespannt. Ilse hat mir schon viel von euch erzählt.«
Jetzt wurde Anna alles klar. Oma war verliebt! Das also war ihr großes Geheimnis!
Zur Feier des Tages hatte Oma eine Torte gebacken. Klaus erzählte lustige und aufregende Geschichten, die er als Zugführer erlebt hatte. Die Zeit verging wie im Flug.
»Na, was sagst du jetzt?«, fragte Mama abends auf dem
Heimweg.

»Klaus ist sehr nett«, meinte Anna. Es war gar nicht schade, dass er nichts mit dem Fernsehen zu tun hatte. Ein neuer Opa war viel besser als eine Oma im Fernsehen!

Der Zauberring

Katrin stand vor dem Automaten. Sie betrachtete sehnsüchtig das blaue Fenster. Dahinter lagen lauter Kunststoffkapseln. In manchen waren kleine Dinosaurier aus Plastik, in anderen silbrige Kettchen. In einigen war ein wunderschöner Ring.

Die Ringe hatten es Katrin angetan. So einen musste sie haben! Zögernd steckte sie ein Geldstück in den Schlitz.

»Bitte, lass es einen Ring sein«, flüsterte sie, als sie den Griff drehte. Im Kasten rumpelte es. Dann purzelte eine Kapsel heraus. Ein Ring mit einem dunkelroten Stein. Hurra!

Katrin öffnete die Kapsel und streifte den Ring über den Finger. Er passte genau.

»Mein Ring«, murmelte Katrin glücklich. »Mein ganz besonderer Ring!« Katrin hockte sich auf eine Mauer und schaute ihren

Ring an. Der rote Stein funkelte geheimnisvoll. Ob es ein Zauberring war?
»Ich mach dich stark«, flüsterte plötzlich der Ring.

Katrin hielt die Luft an. Hatte der Ring zu ihr gesprochen, oder hatte sie sich bloß getäuscht? Sie wartete, aber der Ring sagte nichts mehr. Dann rutschte Katrin von der Mauer und ging heim.

Sie trug den Ring die ganze Nacht und auch am nächsten Morgen, als sie zur Schule wollte.

»Wieder so ein Quatsch aus dem Automaten?«, fragte Mama, als sie den Ring sah.

Katrin versteckte schnell die Hand auf dem Rücken. »Kein Quatsch«, sagte sie trotzig. Sie wusste ja, dass es ein besonderer Ring war!

In der Schule wurde Katrin aufgerufen. Die Klasse hatte ein Gedicht lernen müssen. Das sollte Katrin aufsagen.

»Komm bitte nach vorne, Katrin«, sagte die Lehrerin.

Katrin stand auf und ging zur Tafel. Wenn sie im Unterricht aufgerufen wurde, war ihre Stimme oft ganz piepsig. Katrin wusste selbst nicht warum. Die anderen Kinder hänselten sie dann und nannten Katrin eine Piepsmaus.

»Jetzt kommt gleich das Piepsmaus-Gedicht«, frotzelte Boris in der ersten Reihe.

Katrin bekam ein knallrotes Gesicht. Verlegen rieb sie ihre schwitzigen Hände. Dabei berührte sie den Ring.

»Ich mach dich stark«, flüsterte er.

Ja, das würde er! Keiner aus der Klasse hatte so einen Zauberring!
Katrin holte tief Luft. Ohne zu stocken, sagte sie ihr Gedicht auf. Ihre Stimme war viel kräftiger als sonst, das merkte sie selbst.
Und die Klasse merkte es auch. Niemand traute sich zu spotten.
»Prima, Katrin«, lobte die Lehrerin.
Katrin setzte sich wieder an ihren Platz. Glücklich legte sie die Hand über den Ring.

Nur sie wusste, dass es ein Zauberring war.
In der Pause stellte sich Katrin beim Bäcker

an. Wie schon so oft wollte sich der lange Achim vordrängen. Er grinste sie frech an. »Piepsmäuse kommen immer zuletzt dran.«
»Von wegen«, sagte Katrin und ließ ihn nicht vor. »Es geht der Reihenfolge nach. Du wartest!«
Achim schaute dumm. Was war denn mit Katrin los? Warum ließ sie sich heute nicht einschüchtern? Das verblüffte ihn so, dass er gar nicht merkte, als er an die Reihe kam.

»Na, wird's bald?«, fragte der Bäcker ungeduldig.

»Äh ... eine Brezel wie immer«, stotterte Achim.

Als Katrin nach Hause kam, lächelte sie.

»Gibt's was Neues in der Schule?«, fragte Mama.

»Ja«, antwortete Katrin. »Die anderen ärgern mich nicht mehr.«

»So plötzlich?«, wunderte sich Mama. »Warum denn das?«
»Das ist jetzt eben so«, sagte Katrin nur und verriet nichts. Der Zauberring war ihr Geheimnis.

Das Geheimversteck

Weil die Familie umgezogen war, musste Patrick in eine neue Schule gehen. Bald hatte er dort einen Freund gefunden: Tobias. Jeden Nachmittag zogen die beiden zusammen los, spielten Fußball oder kletterten auf Bäume.

Eines Tages zeigte Tobias seinem Freund die Schlucht. In der Mitte floss ein Bach. Links und rechts waren steile Hänge.
Die Jungen kletterten hinauf. Plötzlich entdeckte Patrick eine schmale Spalte im Felsen. Neugierig untersuchten die Jungen die Stelle.
»Eine Höhle«, sagte Patrick aufgeregt.

Die Öffnung war gerade groß genug, dass sie hindurchpassten. In der Höhle war es dunkel, und es roch noch Moder.

»Hoffentlich entdecken wir kein Skelett«, flüsterte Tobias. Mit zitternden Fingern riss er ein Streichholz an.

Die Höhle war nicht besonders groß. Nach hinten wurde sie niedriger. Dort stand eine alte Holzkiste.

»Hier wohnt einer«, sagte Patrick erschrocken.

»Nicht mehr«, meinte Tobias. »Guck doch mal, wie viel Staub auf der Kiste liegt.«

Während er weitere Streichhölzer abbrannte, untersuchte Patrick die Kiste. Er fand einen Kompass, eine alte Decke, ein rostiges Taschenmesser, uralte Schuhe und eine Armbanduhr zum Aufziehen. Das Lederarm-

band war schon ganz brüchig. Patrick drehte an dem kleinen Rädchen und hielt die Uhr ans Ohr. »Mensch, die tickt sogar noch! Solche Uhren hat man vor zwanzig, dreißig Jahren gehabt. Wem sie wohl gehört?«
Die Jungen grübelten. Wer hatte sich in der Höhle versteckt? Ein Mörder? Ein Bankräuber? Ein entflohener Häftling? Sollten sie der Polizei von ihrer Entdeckung erzählen?

Tobias zündete das letzte Streichholz an. »Gleich stehen wir im Dunkeln.«
»Dann gehen wir lieber«, meinte Patrick. Die Armbanduhr nahmen sie als Beweis mit.

Zu Hause bei Tobias berichteten die Jungen aufgeregt von ihrem Fund. Tobias' Vater schaute die Armbanduhr lange an, dann musste er schmunzeln. »Jungs, der Verbrecher, der die Höhle als Unterschlupf benutzt hat, steht vor euch!«

»Du, Papa?«, fragte Tobias verblüfft. »Die Höhle war eine Zeitlang mein Geheimversteck, als ich die Schule geschwänzt habe«, gestand der Vater. »Unser Lehrer war krank, und wir bekamen einen furchtbar strengen Aushilfslehrer. Ich hatte eine Heidenangst vor ihm. Anstatt zur Schule zu gehen, habe ich mich vormittags in der Höhle versteckt. Nach einer Woche ist die Sache dann rausgekommen. Ich hatte noch Glück. Er lachte. »Mein richtiger Lehrer war sehr verständnis-

voll. Er hat bei meinen Eltern ein gutes Wort eingelegt.«

Tobias' Mutter schüttelte den Kopf. »Das höre ich ja zum ersten Mal. Was bist du nur für ein Geheimniskrämer, Theo!«

Skatergeschichten

Mit Bildern von Katja Kersting

Angesteckt!

Bei Familie Bergmann ist das Skater-Fieber ausgebrochen. Zuerst hat Jenny zum Geburtstag Inline-Skates bekommen. Kaum hat ihre Schwester Paula die tollen Skates gesehen, musste sie auch welche haben. Genau die gleichen. Eines Abends hat auch noch Papa Inline-Skates angeschleppt.
»Hauptsache, es macht euch Spaß«, meint Mama und schüttelt lachend den Kopf.
»Macht es«, versichert Jenny. »Willst du es nicht auch mal versuchen, Mama?«
Mama streckt abwehrend die Hände aus. »Ich habe noch nie im Leben Rollschuhe angehabt. Auch als Kind nicht. Und Schlittschuh bin ich auch noch nie gelaufen.«

»Schade«, sagt Paula und schaut Mama mitleidig an. »Da hast du aber echt was verpasst, Mama.«
»Meinst du wirklich?«, fragt Mama und runzelt nachdenklich die Stirn.
Am nächsten Wochenende machen die

Bergmanns einen Ausflug. Jenny, Paula und Papa fahren mit ihren Skates, und Mama radelt auf ihrem Fahrrad nebenher. Einmal fahren sie sogar ein Rennen. Paula, Jenny und Papa hängen Mama tatsächlich ab.

»Puh«, japst Mama, als sie zu viert unter einem Apfelbaum verschnaufen. »Ich hätte nie gedacht, dass man auf den kleinen Rollen so schnell sein kann.«
Dann lacht sie. »Eigentlich war das Rennen nicht ganz fair. Mein Fahrrad ist ja mit dem ganzen Picknick-Zeug beladen. Ihr dagegen seid fein raus.«
Während des Picknicks rückt Paula ganz dicht an Mama heran und flüstert ihr ins Ohr:

»Wenn du willst, leiht dir Papa seine Skates. Dann kannst du's auch mal probieren.«

»Ich bin doch zu alt für so was«, wispert Mama zurück.
»Quatsch. Papa ist fünf Jahre älter als du, und er fährt auch«, entgegnet Paula.
»Ich bin zu feige«, murmelt Mama. »Bestimmt falle ich hin.«
»Du kriegst auch seine Schützer und seinen Helm«, verspricht Paula.
»Außerdem halte ich dich fest, und du brauchst anfangs ja gar nicht schnell zu fahren.«
Mama sagt nichts mehr, aber ihre Augen haben angefangen zu glitzern.
Zu Hause warten Mama und Paula, bis Jenny und Papa vor dem Fernsehapparat sitzen. Dann verdrücken sie sich zum Üben in die Garage.
»Zuerst die Schützer«, befiehlt Paula.
Mama streift eine der Plastikschalen über und schließt den Klettverschluss.
Paula schüttelt den Kopf. »Falsch, das Ding

kommt an den linken Ellbogen. Und die anderen Schützer sind für deine Knie.«
»Wie kompliziert«, seufzt Mama.
Paula hilft ihr in die Skates und knipst die Schnallen zu. Zuletzt muss Mama noch den Helm aufsetzen. Sicher ist sicher.
»Und jetzt aufstehen«, sagt Paula.
»Wie denn?«, fragt Mama ängstlich.
»Na so!« Paula zieht sie einfach auf.
Jetzt steht Mama da und fuchtelt mit den Armen, um das Gleichgewicht zu halten. Ihre Knie schlottern.
»Ich fall gleich um«, stöhnt Mama. »Das ist ja furchtbar!«
Am liebsten hätte sie die Skates gleich wieder ausgezogen. Aber da kennt sie Paula schlecht. Paula ist eine strenge Lehrerin.
»Aufgeben gilt nicht!«, sagt sie, fasst Mama an den Händen und zieht. »Komm!«
»Ahhh … ohhh … uhhhh …« Steif und mit durchgedrückten Knien rollt Mama Stück

für Stück durch die Garage. »Ahhh! Hiii-hilfe!«

Ihr Geschrei lockt Jenny und Papa an. Sie wollen wissen, was los ist.

Mama auf Skates!
Jenny kriegt gleich einen Lachanfall, und Papa kommandiert: »Locker bleiben, Hannelore, locker!«
»Ich mach euch nie wieder Abendessen«, droht Mama. »Verschwindet und lasst mich es allein probieren.«
Natürlich gehen Papa und Jenny nicht fort.

Sie müssen doch zugucken, wenn Mama hinfällt! Aber Mamas Ehrgeiz ist erwacht. Sie wird es ihrer Familie zeigen!
Eine halbe Stunde später kreist Mama schon durch die Garage. Ab und zu muss sie sich noch an der Wand abstützen, aber gar nicht mehr so oft.

»Für den Anfang ist es ganz prima!«, lobt Paula sie. »Du hast Talent, Mama.«
»Glaubst du wirklich?« Mama wird ein bisschen rot.
»Na klar«, antwortet Paula. Auch Papa und Jenny nicken. Mama stellt sich gar nicht so dumm an, wenn man bedenkt, dass sie vorher noch nie auf Skates gestanden ist.
Am Abend nimmt Papa Mama in den Arm.
»Wie wär's?«, fragt er. »Willst du dir am Montag eigene Inline-Skates besorgen?«
»Ach Quatsch«, lehnt Mama zuerst ab. Aber fünf Minuten später lächelt sie und meint: »Gar keine schlechte Idee!«

Die verflixten Sieben-Meilen-Skates

»Du blödes Ding!«, schimpfte Hexe Maja und versetzte ihrem Besen einen wütenden Tritt. »Wie soll ich denn meine Urgroßtante Adele im Zapfenwäldchen besuchen, wenn du nicht mehr fliegen willst?«
Aber der Besen machte nur noch einen einzigen zaghaften Hopser und lag dann still auf dem Boden. Maja konnte machen, was sie wollte: Der Besen rührte sich nicht mehr, obwohl sie die stärksten Zaubersprüche murmelte.
»Das sieht nach einem Totalschaden aus«, stellte Maja fest. »Ich muss mir wohl oder übel einen neuen Besen kaufen.«
Am nächsten Tag besuchte Maja den Laden

von Johanna Jauche. »Hexen-Allerlei« stand in großen Buchstaben über der Tür. Dort bekam man als Hexe alles, was man so braucht: angefangen vom feinsten indischen

Spinnenbein bis hin zum elektrischen Rasierapparat für lästige Hexen-Schnurrbarthaare.

»Ein neuer Besen«, fragte Johanna, nachdem Maja ihren Wunsch hervorgebracht hatte. »Aber ich bitte Sie: Welche Hexe fliegt denn heute noch mit dem Besen? Wie altmodisch! Sieben-Meilen-Skates – das ist der neue Trend!«

Hexe Maja hatte schon davon gehört.

»Aber sind Inline-Skates wirklich so praktisch?«, fragte sie zweifelnd. »Was ist, wenn ein Hindernis im Wald kommt? Wie steht's mit Wurzeln, Bächen, verhexten Kreuzwegen?«

Solche Dinge waren für einen Zauberbesen kein Problem. Aber für Hexen-Rollschuhe?

»Da kann ich Ihnen unsere Skater-Luxus-Ausführung empfehlen.« Johanna Jauche zog eine große, bunte Schachtel aus dem Regal und öffnete den Karton.

»Oh!«, machte Maja überrascht. Die Schuhe

leuchteten in allen Regenbogenfarben, und die Rollen blitzten wie kleine Sonnen.

»Diese Schuhe funktionieren bei schlechtem Wetter, schlechter Laune, zu Wasser und zu Land«, pries Johanna ihre Ware an. »Dank der ausgefeilten Wurzel-Purzel-Technik muss man holprige Waldwege nicht meiden, im Gegenteil, dort laufen die Skates besonders gut. Und wenn dich ein verhexter Kreuzweg festhalten will, sorgt unser Turbo-Haltlos-System erst recht für Tempo.«

»Klingt gut«, meinte Maja. Sie hatte erst neulich bei einem Hexen-Wettbewerb einen Topf mit Goldstücken gewonnen. Deswegen

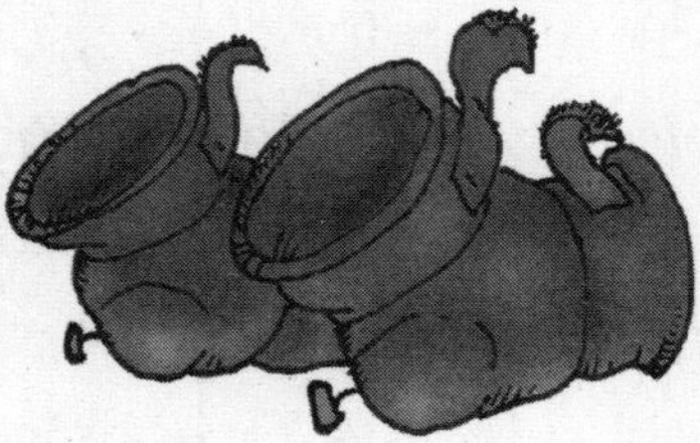

war sie zur Zeit gut bei Kasse. »Ich glaube, ich nehme die Schuhe.«

39
40
39
BRAU

Johanna Jauche verkaufte ihr noch ein Paar Ellbogen-Schützer, die man gleichzeitig als Schwimmflügel benutzen konnte, und einen Helm, der unsichtbar machte. Maja ließ sich alles einpacken und schleppte ihre neuen Schätze stolz nach Hause.
Sie konnte es kaum erwarten, ihre Skates auszuprobieren. Aufgeregt rief sie ihre Urgroßtante Adele an. »Also, Tantchen, ich komme. Du kannst schon mal Kaffee kochen.«
»Fliegst du jetzt los?«, fragte die Urgroßtante. »Pass auf, es soll ein Gewitter geben!«
»Ich fliege nicht, ich habe jetzt Zauber-Skates«, verkündete Maja begeistert.
»Zauberkeks?«, fragte Adele. Sie war leider ein wenig schwerhörig. »Soll ich denn keinen Kuchen backen?«
»Doch, doch«, beeilte sich Maja zu sagen, denn Tante Adeles Kuchen waren die besten auf der Welt. »Am liebsten mit Marzipan!«

»Mit Enzian?«, wiederholte Tante Adele.
»MARZIPAN!«, schrie Maja in den Hörer. »Tschüss!«
Dann hockte sie sich auf einen Stuhl, schlüpfte in die Schuhe, schnallte die Ellbogen-Schützer an und stülpte den Helm über den Kopf. Kater Miro konnte gerade noch auf Majas Schultern springen, bevor die Hexe auf ihren Inline-Skates zur Tür hinausflitzte.
Es war herrlich. Maja jubelte: »Fantastisch! Das ist ja wirklich viel schöner als Fliegen!«
Beim Fahren sprühten lauter kleine Funken um die Räder – genau wie bei Wunderkerzen. Und was für ein tolles Tempo! Zisch – schon war Maja bei den drei uralten Eichen angelangt. Zack – schon hatte sie den trüben Bach überquert.
»Ich muss einen Umweg machen, sonst bin ich viel zu früh bei Tante Adele«, murmelte Maja, als vor ihr schon das Zapfenwäldchen auftauchte. Sie nahm die nächste Kurve so

eng, dass Kater Miro beinahe von ihrer Schulter gefallen wäre. Miro maunzte empört.
»Keine Sorge, Katerchen«, tröstete Maja ihn. »Wir machen nur einen kleinen Abstecher durch den verhexten Finsterwald. Ich will Tante Adele ein paar hübsche giftige Fliegenpilze mitbringen. Die kann sie dann in ihre Vase stellen!«
Kater Miro fauchte. Der Finsterwald war ihm nicht geheuer. Nicht umsonst standen überall am Waldrand Warnschilder:

»Kannst du nicht lesen?«, knurrte Miro. »Der Finsterwald ist gefährlich.«
»Ach, mir passiert schon nichts«, entgegnete Maja leichthin.
Und schon war sie mittendrin im Finsterwald. Miro schloss vor Entsetzen die Augen. Die hohen finsteren Tannen mochte er gar nicht. Maja flitzte zwischen den Bäumen hindurch. Mit fröhlichem Jauchzen sprang sie über die dicken Wurzeln, die sich um ihre Beine wickeln wollten.
»Pech gehabt!«, sang Maja. »Ihr kriegt mich nicht!«
Aber was war das? Plötzlich stolperte Maja und segelte ein Stück durch die Luft. Kater Miro segelte auch – nämlich von Majas Schulter. Maja stieß einen schrillen Schrei aus, bevor sie hinplumpste. Zum Glück landete sie auf weichem Moos.
Zornig rappelte sie sich auf und wollte weiter. Aber was war das?

Eine unsichtbare Mauer schien sie festzuhalten.
»Hilfe! Miro, wo bist du?«
Miro saß ein Stück entfernt auf dem Boden. Ihm war nichts passiert, aber sein Nackenfell sträubte sich.
»So hilf mir doch, Miro!«, jammerte Maja und versuchte, die unsichtbare Wand wegzu-

drücken. »Warum komme ich hier nicht raus?«

»Mach doch die Augen auf«, fauchte Miro schlecht gelaunt. »Du bist in einem Hexenring gelandet!«

Jetzt sah Maja die Bescherung: Ringsum wuchsen lauter Pilze und bildeten einen Kreis. Maja befand sich direkt in seiner Mitte. Das war die allerschlimmste Hexenfalle!

Maja war den Tränen nah. »Hol Hilfe, Miro. Du weißt doch, dass ich da allein nicht wieder rauskomme!«

Miro trottete maunzend davon. Maja wartete. Kurz darauf fielen die ersten Tropfen vom Himmel, und gleich darauf goss es wie aus Kübeln. Majas Zauberhelm konnte zwar unsichtbar machen, aber er konnte nicht verhindern, dass die Hexe patschnass wurde.

Als Miro endlich zurückkam, war Maja völlig durchweicht und hatte eine Stinkwut im

Bauch. Tante Adeles Kaffee war inzwischen bestimmt eiskalt!

»Gleich kommt jemand, der dich befreit«, kündigte Miro an.

»Es wird auch Zeit«, bibberte Maja.

Da kam schon die Hexe Gundula herbei. Sie ritt auf ihrem uralten Eichenbesen, kreiste dreimal um Maja herum und warf ihr dann einen lila Rettungsring zu.

»Hier! Fang!«

Maja griff zu und stülpte sich den Rettungs-

ring um den Bauch. Dann hielt sie sich daran fest und ließ sich von der Hexe Gundula in die Höhe ziehen.
Gundula streckte ihr die Hand entgegen. Die klatschnasse Maja kletterte umständlich auf den Besen.
»Tausend Dank!«, keuchte sie.
»Wie ist dir das bloß passiert?«, fragte Gundula, während sie mit Maja durch die Luft schwebte und in sicherem Abstand vom Hexenring landete. »Wir Hexen lernen doch

schon als kleine Kinder, wie gefährlich diese magischen Kreise sind.«

»Es ist meine Schuld. Ich hab nicht aufgepasst«, gestand Maja zerknirscht.

Jetzt entdeckte Hexe Gundula Majas Skates. Sie machte große Augen.

»Oh! Sieben-Meilen-Skates!«, rief Gundula entzückt. »Solche wünsche ich mir schon lange! Leider kann ich mir keine leisten, sie sind so teuer.«

Maja erzählte, dass sie sich eigentlich einen

neuen Besen hatte kaufen wollen. »Doch Johanna Jauche hat mir diese Dinger aufgeschwatzt. Die sind momentan total in. Skaten macht Riesenspaß, ehrlich! Aber nach meinem verflixten Abenteuer wäre mir ein anständiger Besen lieber.«

»Wollen wir tauschen?«, schlug Gundula mit glänzenden Augen vor. »Deine Skates gegen meinen Besen? Schau mal, er hat fast noch alle Borsten. Außerdem gehorcht er aufs Wort.«

Maja überlegte nicht lange, sondern nickte. Wenig später ritt sie mit Miro auf der Schulter durch die Luft, während Gundula kichernd samt Helm, Schützern und Rettungsring durch den Finsterwald sauste.

»Hallo, Maja!«, rief Urgroßtante Adele entzückt, als sie Maja die Tür öffnete.

»Pünktlich wie immer!« Sie küsste sie schmatzend auf die Wange. »Aber warum bist du klatschnass wie ein Wasserfrosch?«

Adele schnippte mit den Fingern, und in ihrer Hand erschien ein großer Föhn. »Ts, ts, ts, warum gehst du nur immer ohne Trockenzauber aus dem Haus! Du lernst es nie!«
Maja schnupperte. »Was riecht denn da so lecker?«
»Marzipankuchen natürlich, was sonst?«, antwortete Adele und lächelte.

Die Mutprobe

Dort, wo die richtige Straße aufhört, führt ein schmaler Feldweg bergab.
»Du traust dich nie, da runterzufahren!«,

meinte Leo. »Wetten, dass du dir vor lauter Angst in die Hose machst?«
Marco ärgerte sich. Klar, sein Freund Leo fuhr viel besser Inline-Skates als er. Leo hatte die Skates ja auch schon über ein Jahr, während Marco seine Schuhe erst vor vier Wochen bekommen hatte.
Der Feldweg war zwar geteert, aber voller Schlaglöcher. Und er sah verflixt steil aus.
»Feigling«, spottete Leo.
»Ich bin kein Feigling«, behauptete Marco.
»Dann beweis es doch.« Leo steckte die Hände in die Hosentaschen und grinste.
Marco zögerte. Es kribbelte in seinem Bauch, wenn er hinunterguckte. Unten macht der Feldweg einen Bogen nach links. Linkskurven schaffte Marco schon ganz gut.
»Na gut«, murmelte er. »Ich tu's.« Sein Mund war ganz trocken. Er überzeugte sich, dass seine Schützer und der Helm richtig saßen. Wenn er bloß schon unten wäre! Doch ein

Zurück gab es jetzt nicht mehr, wenn er sich nicht blamieren wollte. Marco holte tief Luft und fuhr los.

Die Skates gewannen an Tempo, wurden schneller und schneller. Marco wusste nicht, wie ihm geschah. Unheimlich! Es war, als hätte er zwei Ungeheuer an den Füßen, die um die Wette rasten. Wie brachte man die Monster bloß zum Stehen? In der Aufregung hatte Marco vergessen, wie man bremst. Er biss vor lauter Angst die Zähne zusammen. Im letzten Moment konnte er einem Schlagloch ausweichen.

Dann war er unten, aber er hatte so viel Tempo, dass er die Linkskurve nicht packte, sondern geradeaus weitersauste. Er holperte übers Gras. Als er sich wunderte, dass er überhaupt noch auf den Skates stand, gab es einen Ruck, und er flog noch vorne ins Gebüsch. Mitten in die Brombeeren! Marco

heulte vor Wut, Schreck und Erleichterung. Die kleinen Dornen stachen und kratzten von alten Seiten, aber zum Glück war er nicht ernsthaft verletzt.
»Hast du dir wehgetan?«, schrie Leo von oben. Seine Stimme klang jetzt besorgt. Er schnallte seine Skates ab und lief auf Socken zu Marco, um ihn aus dem Gebüsch zu befreien.
Eine halbe Stunde später standen die Jungen im Badezimmer von Leos Eltern. Leo hatte Pflaster, Pinzette und Salbe aus dem Arzneischränkchen geholt. Gemeinsam zogen sie sich die Dornen aus der Haut und behandelten ihre Kratzer. Marco zählte, wie viele Pflaster er hatte.
»Siebenundzwanzig«, stellte er dann fest.
»Bei mir sind es vierzehn«, sagte Leo.
Die beiden sahen sich an. Die Sache hätte auch viel schlimmer ausgehen können, das war ihnen klar.

»So was verlang ich nie wieder von dir«, versprach Leo. »Das war eine ziemlich dumme Idee.«

Marco grinste.

»Kein Wort zu niemandem«, meinte er dann und legte den Finger auf den Mund.

Taxi nach Hause

»Ich kann keinen Schritt mehr gehen«, beschwert sich Zucki, der Mäuserich, und plumpst auf seinen kleinen Po. »Wollen wir nicht im Wald schlafen?«

Fanny, die Feldmaus, sieht ihren Freund entsetzt an. »Hast du noch nie etwas von Eulen

gehört, du Dummkopf? Im Wald schlafen! Ich bin doch nicht lebensmüde!«
»Aber ich kann nicht mehr weiter«, jammert Zucki und hält seine Füße hoch. »Ich hab schon lauter Blasen vom vielen Laufen.«
»Stell dich nicht so an, du Faultier«, schimpft Fanny. Sie weiß, dass Zucki ein wenig wehleidig ist.
»Du bist schuld«, mault Zucki. »Wenn ich gewusst hätte, dass ich so weit laufen muss, wäre ich heute daheim geblieben. Du immer mit deinen blöden Ausflügen!«

Jetzt haben die beiden einen ernsthaften Streit.
»Dann geh ich eben allein noch Hause«, sagt Fanny und macht ein paar Schritte. »Gute Nacht!« Zucki soll ruhig wissen, dass sie es ernst meint.
Der Mäuserich bleibt im Gras sitzen. »Pah, der alte Trick funktioniert bei mir nicht.« Doch als Fanny nicht mehr zu sehen ist, springt Zucki auf und rennt ihr hinterher.
»Warte doch, Fanny! Warte!«
Die kluge Fanny stellt sich taub und mar-

schiert weiter. Zucki rennt, bis er seine Freundin eingeholt hat.
»Warum bleibst du nicht stehen?«, meckert er. »Das ist gemein von dir!«
Da stoppt Fanny so plötzlich, dass Zucki in sie hineinrennt.
»Autsch!«, schreit Zucki und hält sich die Nase. »Bist du verrückt geworden? So doch nicht!«
Aber Fanny deutet nur nach vorn. »Schau, Zucki! Was ist das?«
Vor ihnen liegt ein alter Rollschuh. Den muss jemand vergessen haben. Neugierig untersuchen die beiden Mäuse ihren Fund. Fanny probiert, ob sich die Rollen noch drehen. Sie sind in Ordnung, alle vier. Zucki ist inzwischen in den Schuh geklettert.
»Da drin riecht es ganz lecker nach Käse!«, verkündet er. »Aber leider kann ich keinen sehen.«
»Oh Zucki!«, stöhnt Fanny. »Komm wieder

raus und hilf mir, den Schuh aufzustellen. Ich hab nämlich eine Idee, wie wir bequem nach Hause kommen.«

Zucki schlüpft heraus. Gemeinsam stemmen sie den Schuh hoch. Damit er nicht wieder umfällt, lehnt Fanny von der anderen Seite einen Stein dagegen. Dann sucht sie zwei Stöckchen, die etwas größer sind als die beiden Mäuse.

»Los, Zucki, einsteigen!«, ruft sie fröhlich. »Wir fahren noch Hause. Das hier ist unser Taxi!«

»Na, ich weiß ja nicht ...«, brummt Zucki und klettert zögernd in den Schuh.
Fanny kommt nach. Mit ihren Stöckchen stößt sie sich ab. Der Schuh fängt an zu rollen, erst langsam, dann immer schneller.
»Ist das nicht toll?«, jubelt Fanny. »Das ist fast wie damals in Venedig, als wir mit der Gondel gefahren sind, erinnerst du dich?«

Doch daran denkt Zucki nicht gerne, denn auf dem Wasser ist er schrecklich seekrank

geworden. Auch jetzt wird ihm schon wieder ganz schlecht.
»Fahr uns bloß nicht gegen einen Baum«, jammert er.
Aber Fanny passt auf. Mit den Stöcken lenkt sie den Schuh geschickt an allen Hindernissen vorbei. Wie gut, dass sie eine so sportliche Maus ist und im Winter regelmäßig Ski fährt! Sie weiß, wie sie das Gleichgewicht verlagern muss, um den Rollschuh zu lenken.
Endlich bleibt der Schuh stehen.
»Wir sind zu Hause«, verkündet Fanny.
»Du kannst die Augen wieder aufmachen.«
Langsam lässt sie den Schuh zur Seite kippen. Zucki steigt aus. Seine Beine sind noch ganz wackelig, trotzdem gibt er Fanny einen Kuss.
»Was du alles kannst, Fanny! Sogar ein Taxi steuern«, sagt Zucki bewundernd. »Du bist wirklich eine tolle Maus!«

»Weiß ich längst«, antwortet Fanny keck, aber sie wird ein bisschen rot dabei.

Schnappt den Handtaschen-Dieb!

Bei der Polizei häufen sich die Klagen. In der neuen Fußgängerzone sind Taschendiebe unterwegs, und manchmal werden sogar Leute bedroht.

»Wir müssen etwas dagegen tun«, meint Kommissar Schmittchen, nachdem wieder jemand angerufen und sich beschwert hat.

»Wir sollten den Polizeischutz in der Fußgängerzone verstärken«, schlägt sein Kollege Schulz vor.

Kommissar Schmittchen schaut nach, wen er dorthin auf Streife schicken kann. Seine Wahl fällt auf Gerd und Paul, zwei junge Polizisten. Er ruft die beiden in sein Büro, um die Sache zu besprechen.

»Die Fußgängerzone ist groß«, meint Paul. »Schwierig, alles zu Fuß zu überwachen. Den Wagen können wir ja nicht nehmen.«

»Woanders werden Polizisten auf Pferden eingesetzt«, witzelt Gerd und grinst.

»Polizisten zu Pferd.« Kommissar Schmittchen fängt an zu lachen und tippt sich an die Stirn. »Was glaubt ihr, was meine Vorgesetzten mir erzählen, wenn ich zwei Dienstpferde beantrage?«

»Wie wär's mit Fahrrädern?«, fragt Paul.

»Keine schlechte Idee«, überlegt Kommissar Schmittchen.

»Fahrräder könnten geklaut werden«, gibt Gerd zu bedenken. »Inline-Skates sind viel besser, und man kommt damit überallhin.«

»Prima Vorschlag«, nickt Paul, der in seiner Freizeit begeistert Inline-Skates fährt.

Kommissar Schmittchen schüttelt zuerst den Kopf, aber dann lässt er sich überreden. Und so kommt es, dass zwei Wochen später

Gerd und Paul auf Inline-Skates durch die Fußgängerzone fahren und aufpassen. Natürlich haben sie alles dabei, was Polizisten auf Streife brauchen: Funkgeräte und für Notfälle auch eine Waffe.

Schon am ersten Tag passiert etwas: Als eine alte Dame gerade an einem Wühltisch steht, entreißt ihr ein Mann die Handtasche und rennt damit davon.

»Haltet den Dieb!«, schreit die Dame entsetzt.

Zum Glück sind Paul und Gerd gerade in der

Nähe. Mit ihren Skates flitzen sie dem Dieb hinterher. Schon nach kurzer Zeit haben sie ihn eingeholt. Gerd versperrt ihm von vorne den Weg, und Paul kommt von hinten. Der Dieb kann nicht mehr flüchten. Es stellt sich heraus, dass der Mann schon häufiger Leute beklaut hat. Bisher war er immer entwischt.

»Jetzt ist erst einmal Schluss damit«, meint Gerd. »Sie kommen mit auf die Wache.«
»Polizisten auf Inline-Skates«, sagt der Dieb verächtlich. »Das wird ja immer besser!«
»Ich find's toll«, meint die alte Dame. Sie ist froh, dass sie ihre Handtasche wiederhat, denn darin ist ihr Geld für den ganzen Mo-

nat. »Meine Enkelin fährt auch Inline-Skates. Sie wird bestimmt große Augen machen, wenn sie erfährt, wie die Polizei den Dieb geschnappt hat.«

Kleines Geheimnis

Eigentlich würde Anne gerne Inline-Skates fahren. Aber die Rollen sind so schnell. Sie schafft es nie, rechtzeitig zu bremsen. Und die Kurven sind ziemlich schwer ... Ein paar Mal ist Anne schon hingefallen. Die anderen, mit denen sie gefahren ist, haben gelacht. Und Lars hat sie sogar »Mehlsack!« genannt. Jetzt mag Anne gar nicht mehr fahren. Wenn ihre Freunde sie fragen, ob sie mitkommt, hat sie immer eine andere Ausrede: Bauchweh, Omas Geburtstag, ein Termin beim Zahnarzt oder zu viele Hausaufgaben. Aber in Wirklichkeit sitzt Anne dann nur allein in ihrem Zimmer und langweilt sich furchtbar.

»Hast du denn überhaupt keine Lust mehr, dich mit deinen Freunden zu treffen?«, fragt Mama. Sie merkt, dass mit Anne etwas nicht stimmt.
Anne druckst lange herum. Schließlich schüttet sie ihr Herz aus: Im Grunde will sie schon skaten, aber wenn etwas nicht gleich klappt, dann verlässt sie der Mut. Und es tut weh, wenn die anderen spotten.
Mama denkt nach. Ein paar Minuten später steht sie wieder in Annes Zimmer. Sie hat die Zeitung mitgebracht und schlägt sie auf. »Am Freitagnachmittag findet auf dem Schulhof ein Skater-Kurs statt. Dort lernt man bremsen, Kurven fahren und wie man nach dem Hinfallen wieder aufsteht. Jeder kann mitmachen. Hast du Lust, Anne?«
Anne zuckt mit den Schultern. »Weiß nicht. Ja. Nein. Vielleicht.«
Irgendwie will sie schon. Es wäre schön, wenn sie wirklich etwas lernen würde.

Dann könnte sie ihre Freunde überraschen …

Am Freitag fragen Lars und Stefan Anne, ob sie nachmittags mit ihnen skatet.

»Keine Zeit«, sagt Anne wieder. Aber diesmal stimmt es. Heute hat sie nicht geschwindelt.

Als Anne am Nachmittag zum Kurs geht, ist sie ganz aufgeregt. Es sind viele Leute da: kleine Kinder, die zum ersten Mal auf Skates stehen, Mütter, Väter und sogar ein paar Opas. Anne stellt sich neben ein Mädchen, das ungefähr so alt ist wie sie. Sie kennen sich vom Sehen.

Ein junger Mann erklärt, worauf man beim Skaten achten muss. Wie man die Schützer richtig anlegt, wie man das Gleichgewicht hält und wie man die Füße stellen muss, wenn man bremsen will.

Sie fangen mit ganz einfachen Übungen an. Anne fühlt sich sicher. Sie stellt sich gar

nicht so dumm an. Wenn jemand etwas falsch macht, lacht niemand. Der Kursleiter erklärt geduldig, was der Fehler war, auch wenn er es dreimal sagen muss.
Plötzlich hat Anne den Dreh raus. Sie weiß endlich, wie sie Kurven fahren kann. Und sie lernt auch, rechtzeitig zu bremsen. Jetzt

werden die Rollen nur noch so schnell, wie sie will.
Glücklich geht Anne an diesem Tag nach Hause.
»Na, wie war's?«, fragt Mama.
»Toll«, sagt Anne und strahlt. »Soll ich dir mal zeigen, was ich alles kann?«
Am nächsten Montag fragt Anne die anderen, ob sie sich nachmittags zum Skaten treffen wollen.
»Heute kein Bauchweh?«, wundert sich Lars und zieht die Augenbrauen hoch.
»Auch kein Termin beim Zahnarzt?«, will Stefan wissen.
Anne schüttelt den Kopf.
»Dann treffen wir uns um drei – wie immer«, meint Lars.
Die Jungen machen große Augen, als Anne ihnen davonfährt. Elegant nimmt sie die Kurve. Sie muss sich auch nicht mehr an der Straßenlampe festhalten um zu bremsen.

»Warum kannst du denn auf einmal so gut fahren?«, fragt Lars. »Hat dir das dein Zahnarzt beigebracht?«
»Oder hast du es auf dem Geburtstag von deiner Oma gelernt?«, meint Stefan.
Aber Anne lächelt nur. »Mein Geheimnis«, sagt sie.